ALFRED FAGANDET

LÉGENDES DE L'AVENIR

AU LION DE BELFORT

Médaille d'argent de la Société des Sciences et Belles-Lettres de Dunkerque

PRIX : **60** CENTIMES

PARIS
LIBRAIRIE LÉON VANIER
19, QUAI SAINT-MICHEL, 19

1880

L. Chambrey d'après Bartholdi

ALFRED FAGANDET

LÉGENDES DE L'AVENIR

AU LION DE BELFORT

Médaille d'argent de la Société des Sciences et Belles-Lettres de Dunkerque

PRIX : **60** CENTIMES

PARIS
LIBRAIRIE LÉON VANIER
19, QUAI SAINT-MICHEL, 19
—
1880

AU LION DE BELFORT

A LA MÉMOIRE DU COLONEL DENFERT-ROCHEREAU

Sursum corda!

Au Lion de Belfort, héroïque symbole
Que vos mains vont dresser, j'allais bien volontiers,
Barde, vous apporter, avec mon humble obole,
Des pleurs pour vos cyprès, un chant pour vos lauriers.

Soudain la politique aux tortueux méandres
Me cria par la voix d'un censeur hébété :
« De cent mille tombeaux, ah ! laisse en paix les cendres !
» Et puise à pleine coupe aux ondes du Léthé.

» *Quoi! reviens-tu rouvrir béante encor la plaie?*
» *Poète, en arrêtant l'œuvre du sablier,*
» *Iras-tu rattacher râlante sur la claie*
» *La pauvre France, hélas! qui ne veut qu'oublier!*

» *Au milieu du concert ta note discordante*
» *Irait troubler le Rhin qui pourrait s'émouvoir;*
» *La porte du malheur, comme l'Enfer du Dante,*
» *Inscrit sur son fronton : Laisse là tout espoir!!! »*

Patriotisme saint, que ton souffle m'anime!
Que m'importent ces cris! qu'importait ton veto,
Sous l'œil des alliés, censeur pusillanime,
Au chantre messénien, célébrant Waterloo?

Prophètes, aviez-vous, prisonniers dans Ninive,
Aux cyprès suspendu les harpes de Sion?
Et quels fers ont jamais rendu l'âme captive?
Le barde va chantant, c'est là sa mission.

Après l'avoir vidé, faut-il briser le verre?
J'irai plutôt criant d'une voix de stentor :
« *Oui, nous l'avons gravi ce douloureux calvaire*
» *Que Wissembourg commence et que finit Belfort. »*

Belfort! Arrêtons-nous, j'applaudis à ces fêtes
Que notre grande histoire écrit au livre d'or;
Et voyant envier jusques à nos défaites,
Je me dis, consolé : La France vit encor!

Le malheur a rempli d'un sang nouveau sa veine,
Et son or a payé sa gloire et vos forfaits,
O Germains; elle vit et votre attente est vaine,
A la grande vaincue, ah! n'insultez jamais!

Avions-nous perdu tout avec nos jours prospères?
Avions-nous refermé la porte de l'espoir?
N'avions-nous plus de foi dans la foi de nos pères?
N'avions-nous plus d'azur dans notre horizon noir?

Sedan, Strasbourg, Verdun et Metz, Metz la Pucelle,
Voyaient l'aigle prussienne au sommet de leurs tours;
La France en vain serrait ses enfants autour d'elle,
Mais le flot allemand montait, montait toujours.

Alors, ils sont venus se masser trente mille,
Riants et dédaigneux dans leur tudesque orgueil
De tes remparts trop vieux pour te défendre, ô ville,
Contre leurs krupps braqués, menaçants sur ton seuil.

Où sont donc tes soldats, ô cité qu'on assiège ?
Quoi ! ces pauvres enfants en haillons, sans souliers,
Ces mobiles, enfin, grelottant sous la neige,
Depuis hier à peine arrachés aux foyers.

Voilà tes défenseurs ! Quand la France en alarmes
S'écriait : Ah ! rends-moi mes légions, Varus,
O Patrie, ils t'ont dit : nous voici sous les armes,
Mère, c'est notre tour, nos aînés ne sont plus !

Vous avez ri, Germains, de ces soldats en blouse,
Contre vos vétérans s'avançant le pied nu ;
Puis vous avez tremblé ; car de quatre-vingt-douze
A leur chant guerrier vous vous êtes souvenu.

Incertain, pensif, là, sous ces vieilles murailles,
Treskow, ce n'était plus cet arrogant vainqueur ;
Belfort, qu'avais-tu fait sourdre de tes entrailles
Pour ainsi l'arrêter ? Un seul homme de cœur !

Son nom, c'était Denfert, quand, sommé de se rendre,
Impassible comme un guerrier du temps ancien,
Il répondit sublime : A l'assaut ! viens la prendre !
Montrant sa citadelle à l'envoyé prussien.

Sous un cercle de fer pendant trois mois étreinte,
Tu vis brûler tes toits, tu vis crouler tes forts ;
Mais aussi décimés autour de ton enceinte,
Les Prussiens t'appelaient : Belfort le trou des morts !

Flambeau de l'univers, ô vieux monde, contemple,
Le Vandale a-t-il fait plus que ses assiégeants ?
La flamme a dévoré musée, hospice et temple.
Qu'en pensent tes docteurs ? que fait ton Droit des Gens ?

Le monde... Il regardait cet horrible spectacle
Où s'entre-déchiraient deux peuples riverains,
Impassible, égoïste et consultant l'oracle
Pour sourire au vainqueur et lui baiser les mains.

Bois ce calice encor, France, jusqu'à la lie.
Naguère à tes côtés nous avions combattu,
Terre dégénérée, ô moderne Italie,
Et quand nous succombions, alors que faisais-tu ?

Seule tu nous restais, généreuse Helvétie,
Dans ces murs de Belfort tes anxieux regards
Suivaient l'ardente lutte en sa péripétie
Quand tombaient sous les krupps, femmes, enfants, vieillards.

Et tu voulus ouvrir ta porte hospitalière
Et ravir à l'horreur tant d'êtres innocents;
L'humanité ne put fléchir la force altière,
Recevez, fils de Tell, nos vœux reconnaissants.

Silence!... entendez-vous au lointain ce tonnerre,
Et des éclairs sanglants au ciel grisâtre ont lui.....
Sous des grondements sourds on sent trembler la terre;
Bourbaki!... viendrait-il? Hélas! c'était bien lui!

Villersexel! tu fus comme un soleil d'automne
Qui marque l'agonie aux pâles moribonds;
Un instant parmi nous la victoire s'étonne
Et court se rejeter dans les bras des Teutons.

Mais sur des murs fumants, sur Belfort en décombres,
Il flottait invaincu, glorieux, mutilé,
Le drapeau de la France! Un jour, des voiles sombres
Le couvrirent : Paris avait capitulé!...

Doutant, doutant encor de notre heure suprême
De la paix finissant cette guerre sans nom,
Comme un cri de vengeance ou comme un anathème,
Le vieux château fit feu de son dernier canon.

Appel désespéré d'une nation libre,
A l'Europe interdite, Echo porta ce bruit;
Mais le fer de Brennus rompait son équilibre;
De son indifférence elle cueillait le fruit.

Tout était bien fini! Notre pauvre patrie,
Sous le faix succombant, touchait au Golgotha.
Le poignard sur la gorge, elle signait, meurtrie,
Au pacte présenté par l'époux d'Augusta.

D'un douloureux traité, nantissement stoïque
Aux mains des Allemands, Belfort, quand tu restas,
Laissant sortir alors ton armée héroïque,
Treskow fit par les siens saluer tes soldats.

La tête haute, au son de leur clairon sonore,
Regardez-les passer, ces vaincus triomphants.
La France, qui revoit le drapeau tricolore,
En sanglotant s'écrie : Ah! mes braves enfants !

Dans ces rangs glorieux, hélas! combien de vides !
Que de héros obscurs dorment couchés là-bas !
Et d'embrasser leurs fils que de mères avides
Accourent au passage et ne les trouvent pas !

Vous avez bu vos pleurs, car vous êtes de France,
Femmes dont le courage égale les vertus ;
Courant à cet asile ouvert à la souffrance,
Vous avez prié Dieu pour ceux qui n'étaient plus !

Et les sœurs s'en allaient aux tombes fraternelles,
Les mains pleines de fleurs, porter leurs tristes pas,
Et les adolescents, recueillis auprès d'elles,
Soupiraient : Dieu nous garde un si noble trépas !

Dieu vous le garde, enfants, par ces ombres sacrées,
Jurez comme autrefois juraient les vieux Romains,
Jurez en contemplant ces veuves éplorées
Qui vous tendent de l'Est leurs suppliantes mains.

Notre siècle vieilli cède devant le vôtre ;
Triste est notre héritage, avant que de l'ouvrir
Soyez hommes d'abord, hommes selon l'Apôtre :
En apprenant à vivre, apprenez à mourir ;

Et, pour enseignement, nous vous léguons ce bronze
Que la vieille cité dresse à ses défenseurs.
Surgis donc, ô Lion, faste de soixante-onze,
Et courbés à ses pieds, ciel, élève nos cœurs !

Quand l'histoire implacable un jour fera le compte
De nos revers passés sur son livre d'airain,
Belfort sera la gloire, et Metz sera la honte,
La honte du Judas des fêtes d'outre-Rhin.

Ces fêtes ont parfois des lendemains terribles,
Peut-être de ces murs mêmes nous sortirons,
Et les vaincus d'hier, devenus invincibles,
De leurs drapeaux flétris laveront les affronts.

Dans leurs habits de deuil et les yeux sur la Roche,
L'Alsace et la Lorraine attendent, ô Belfort,
Ce moment; mais est-il lointain? est-il bien proche?
Dieu le sait, Dieu qui juge et le faible et le fort.

O vierges de Lorraine, ô mes sœurs de l'Alsace,
Rayon divin, au cœur il nous reste l'Espoir;
De vos derniers baisers, là, brûlante est la trace;
Ah! ne nous dites pas adieu... mais au revoir!

1880.

Paris. — Imprimerie Motteroz, 54 bis, rue du Four.

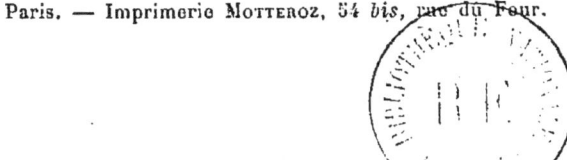